Début d'une série de documents
en couleur

COUVERTURES SUPERIEURE ET INFERIEURE D'IMPRIMEUR.

Fin d'une série de documents
en couleur

HISTORIETTES

POUR FORMER

L'ESPRIT ET LE CŒUR.

—

7e SÉRIE IN-12.

Je n'ai pas le droit de toucher à ces
fruits.   (P. 8.)

L'Enfant et les Pêches.

7ᵉ in-12.

HISTORIETTES

ET

CONTES

POUR LES PETITS ENFANTS

TRADUITS

DU CHANOINE SCHMIDT.

LIMOGES

EUGÈNE ARDANT ET Cⁱᵉ, ÉDITEURS.

HISTORIETTES

POUR FORMER

L'ESPRIT ET LE CŒUR

DES ENFANTS.

———◆❊◆———

La Prière au lever du soleil.

Un vieux paysan, qui s'était fait pendant toute sa vie remarquer par sa piété, partit un jour de grand matin pour s'en aller travailler aux champs : son petit-fils, enfant de sept à huit ans, qui était venu passer quelques jours à la campagne, le suivit pour assister au lever du soleil, spectacle imposant et sublime que bien des habitants des villes n'ont jamais vu, quoiqu'il se renouvelle tous les jours et ne coûte rien.

Comme ils arrivaient dans la plaine, l'astre se leva; d'abord ce n'était qu'une bande rougeâtre à l'horizon, mais bientôt elle s'accrut comme un vaste incendie, et l'orient parut tout en flammes. A ce moment le vieillard découvrit ses cheveux blancs et prononça quelques paroles à voix basse, dans une attitude respectueuse. L'enfant, qui ouvrait de grands yeux et poussait des cris de joie en présence du beau spectacle, s'aperçut pourtant de ce qu'avait fait son grand-père, et lui en demanda la raison.

— Mon enfant, lui répondit le vieillard, quand le soleil se lève, c'est la gloire de Dieu qui se manifest à nous dans le plus beau de ses ouvrages. L'auteur de toutes choses n'est jamais éloigné de chacun de nous, puisque c'est lui qui donne la vie et le mouvement; mais quand le soleil paraît dans le ciel avec tant de magnificence et d'éclat, si nous ne pensons pas à Dieu, sa présence nous y fait penser, comme une belle œuvre nous rappelle naturellement celui qui l'a faite. Tu sais bien, mon enfant, que c'est Dieu qui a créé le ciel et la terre.

— Oh! oui, certainement, répondit le petit garçon, et c'est à nous d'adorer sa puissance infinie.

— C'est précisément ce que tu m'as vu faire, dit le vieillard; c'est ce que font chaque matin les habitants de la campagne, qui ont toujours présent ce magnifique témoignage de la grandeur de Dieu.

— Eh bien! dit l'enfant, les yeux mouillés de larmes, je veux me lever comme eux avant le jour, afin d'avoir comme eux ce beau sujet de prière et d'oraison.

— Dieu te bénira, mon fils, dit le vieillard en l'embrassant.

Les cieux racontent votre gloire,
Le soleil nous apprend à bénir votre main;
Faites que nous gardions, Seigneur, votre mémoire
Jusqu'au jour éternel sans soir et sans matin

L'Enfant et les Pêches.

Le petit Auguste alla un jour chez un enfant de son âge pour le prendre et l'emmener à l'école. Il ne vit personne dans la maison; en regardant de tous côtés il aperçut un panier de pêches sur une table.

— Les beaux fruits! s'écria-t-il : et ses mains suivaient déjà ses yeux; il allait prendre une de ces pêches qui lui faisaient tant d'envie.

— Mais non, dit-il en se reprenant aussitôt, cela ne serait pas bien. Je n'ai pas le droit de toucher à ces fruits, et, quand les hommes ne me verraient pas, Dieu me verrait.

A ces mots il laisse le panier et veut sortir avec la douce joie d'avoir résisté à une forte tentation.

— Ecoute, Auguste! cria derrière lui une voix qui partait d'un coin de la chambre. L'enfant, qui s'était cru seul, se retourna tout effrayé : il vit alors un vieillard assis dans un fauteuil, et qu'il n'avait pas remarqué d'abord à cause du poêle qui le cachait.

— Tu es un honnête enfant, lui dit ce vieillard, et je vois que tu as la crainte du Seigneur; il t'en récompensera lui-même un jour si tu gardes avec soin dans ton cœur ces pieux sentiments : en attendant, prends dans ce panier autant de pêches que tu voudras, et n'oublie jamais cette belle sentence :

Du haut de sa sainte demeure
Un Dieu toujours veillant nous regarde marcher;
Il nous voit, nous entend, nous observe à toute heure,
Et la plus sombre nuit ne saurait nous cacher.

L'Enfant qui ne veut pas mentir.

Charles se plaisait plus que tous ses frères dans la chambre de sa tante Gertrude, femme déjà sur l'âge, qui était presque toujours malade et ne sortait jamais : il aimait à lui faire compagnie, et profitait beaucoup des leçons pleines de sagesse qu'il en recevait.

Un jour on frappe à la porte de la maison; Charles se hâta d'aller ouvrir : c'était un étranger qui demandait sa tante. Il monte bien vite à sa chambre et lui dit qu'un étranger, dont il lui fait la peinture, vient pour lui parler.

— Dis-lui, répond Gertrude, que je ne suis pas à la maison.

Charles s'en va pour s'acquitter de ce

devoir; mais, en descendant l'escalier, l'enfant se met à réfléchir en lui-même : c'est une chose bien singulière, pense-t-il; ma tante m'a toujours dit de fuir le mensonge comme un très grand péché, et maintenant voici qu'elle ordonne elle-même de mentir à cet étranger qui la demande. Voudrait-elle par hasard m'é-prouver? en tout cas je ne dirai point à cet homme ce que je sais être faux, puisque ma tante est certainement à la maison.

Pour ne rien faire à sa tête, il prit conseil de sa mère, qu'il rencontra sur l'escalier.

— Cher enfant, lui répondit celle-ci toute joyeuse de sa probité naïve, tu as raison; ta tante s'est trompée; elle devait te charger de dire qu'elle était malade et hors d'état de recevoir; cours donc vite porter cette réponse à l'étranger.

Heureux l'honnête enfant dont la sincérité
Craint de dire un seul mot contre la vérité!

Les Effets de la prière.

Christophe, petit garçon bien différen
de celui dont il est question dans l'his-
toire précédente, avait contracté une te'le
habitude du mensonge, qu'il mentait en
quelque sorte malgré lui. Il eût donné
beaucoup pour se délivrer de ce vice qui
était devenu une espèce de maladie;
mais ni les réprimandes, ni les humilia-
tions, ni les châtiments n'avaient pu l'en
guérir.

Un jour qu'il venait de faire un mensonge si grossier que sa mère en rougis-
sait pour lui, Christophe se mit à fondre
en larmes, et lui dit : — Je suis bien
malheureux ! je voudrais ne pas mentir,
parce que je sais bien que c'est un vice
bas et honteux, et que d'ailleurs ma mau-

vaise foi ne tourne jamais qu'à ma con
fusion ; mais je ne puis m'en défendre
c'est une habitude plus forte que toutes
mes bonnes résolutions. Que faut-il donc
que je fasse pour n'y plus retomber ?

— Mon enfant, lui dit sa mère, il y a
un moyen très simple et très sûr de te
préserver du mensonge, c'est de n'en
avoir jamais besoin. Fais bien attention
que tu ne mens pas précisément pour le
plaisir de mentir, ce qui serait une manie
incurable ; mais tu mens parce que tu fais
le mal, pour éviter la honte et les reproches qu'il amène après lui. Si tes actions
étaient bonnes, tu aimerais mieux la lumière que les ténèbres ; mais comme
elles sont mauvaises, tu aimes mieux les
ténèbres que la lumière. Voilà ton malheur, mon enfant, c'est que tu te mets
toujours dans la nécessité de mentir, et
que le mensonge est en quelque sorte lié

à chacune de tes actions. Maintenant veux-tu sincèrement te réformer? travaille à ne plus retomber dans les fautes que tu commets si souvent; tu me diras que cela n'est point facile, parce que l'habitude est forte et enracinée; mais rien n'est impossible à Dieu, qui seul peut nous accorder la grâce de nous corriger : c'est donc à lui que tu dois demander la force nécessaire pour vaincre tes défauts et tes vices, ainsi que le mensonge qui en est la funeste conséquence.

Christophe comprit la vérité de ces paroles, et ne songea plus qu'à mettre en pratique les sages conseils de sa mère. Chaque fois qu'il se trouvait tenté de commettre une mauvaise action, il pensait au mensonge qu'elle amènerait après elle ; alors il tombait à genoux et se mettait à prier : « Sainte Marie, ma mère, s'écriait-il en pleurant, invoquez pour moi le Dieu de vérité, afin qu'il me délivre du mal, et que le mensonge ne soit plus dans ma bouche. »

Dieu ne refuse point ses dons à ceux qui les lui demandent avec foi. Christophe voulait sincèrement se corriger de ses mauvaises habitudes ; aussi ne tarda-t-il pas à devenir un enfant parfait, et à donner à ses parents autant de joie qu'il leur avait jusqu'alors causé de honte et de chagrin.

Vous qui voulez vous corriger du vice
Et du mauvais esprit surmonter la malice,
Invoquez le Seigneur et n'espérez qu'en lui :
Sa grâce deviendra votre plus ferme appui.

Les vrais Biens.

Deux voisins, l'un riche et l'autre pauvre, avaient chacun une nombreuse famille. Melchior, le riche, trouva bon de ne rien faire apprendre à ses enfants, persuadé que la fortune qu'il avait à leur donner pouvait leur tenir lieu de tout. Simon, qui était pauvre, n'en jugeait pas de même ; il pensait que le meilleur héritage pour des enfants est une bonne éducation.

—Je ne suis point riche comme notre voisin, disait-il à ses fils et filles, et je ne puis vous laisser de quoi vivre sans rien savoir et sans rien faire. Travaillez donc à vous rendre savants et habiles ; profitez des sacrifices que je fais pour vous et des privations que je m'impose avec joie.

Excités par ces paroles, les enfants de Simon travaillaient avec zèle et acquéraient de précieuses connaissances, tandis que ceux de Melchior grandissaient dans l'ignorance et l'oisiveté.

Une nuit, la maison de Melchior fut pillée par des brigands que sa richesse avait attirés, et qui ne lui laissèrent presque rien. Le pauvre homme vint aussitôt se plaindre chez son voisin.

— Votre malheur m'afflige, lui dit Simon. Je ne suis pas assez riche pour venir à votre secours; mais je le pourrai plus tard, si les espérances que me donnent mes enfants ne sont pas trompées.

Au bout de quelques mois, un nouveau malheur tomba sur Melchior et sur sa famille : le feu prit à sa maison, qui fut entièrement consumée. Le malheureux, privé de tous les biens dans lesquels il avait mis sa confiance, fut réduit à mendier. Ses enfants étaient grands et forts, mais ignorants et incapables de travail ; ils firent comme leur père, et demandèrent l'aumône avec lui.

Simon, qui était un homme doux et sensible, vit avec peine le triste état de Melchior et de sa famille.

— Mes amis, dit-il à ses enfants,

voyez la conséquence d'une fausse idée. Cet homme n'a jamais réfléchi qu'à tout moment il pouvait perdre sa fortune, et que rien n'est moins assuré que la possession des biens qui ne sont pas en nous; il n'a rien prévu; que dis-je? il eût cru mal faire en donnant à ses fils une éducation solide que ni les voleurs ni l'incendie n'auraient pu leur ôter : ce qui fait qu'aujourd'hui ses enfants, loin de pouvoir lui être utiles, sont incapables de s'aider eux-mêmes et de gagner leur vie. Cet homme est bien à plaindre, car il ne peut accuser dans son malheur que son imprévoyance. Pour vous, mes enfants, comprenez l'avantage de l'éducation que vous avez reçue; vous n'êtes point riches encore; mais, si le Seigneur bénit vos travaux, vous le serez avant peu d'années. Voulez-vous mériter de l'être? venez au secours de cette malheureuse famille. Le père est un homme religieux et bon, qui n'a péché que par une folle confiance dans ses biens périssables; la leçon qu'il reçoit le rendra sage avec le temps : ses enfants ne sont point mal nés, et l'expérience leur a déjà fait comprendre la nécessité du travail. Vous m'entendez, sans doute : c'est une bonne œuvre à faire, et nous ne devons pas y manquer.

Les enfants de Simon consentirent avec joie à ce que désirait leur père : ils prirent chez eux Melchior et sa famille. Ce fardeau leur parut lourd dans les premiers temps : mais Dieu bénit leurs efforts et les aida dans cette bonne œuvre. Au bout de quelques années les enfants de Melchior, instruits par ceux de Simon, étaient capables de gagner leur vie avec honneur et de soutenir la vieillesse de leur père, qui ne cessait de louer la prudence et l'excellent cœur de son voisin.

Les biens extérieurs sont toujours périssables
Un voleur les emporte et le feu les détruit.
Amassons bien plutôt les richesses durables
Que nous portons en nous, que nul ne nous ravit.

Faire le bien pour lui-même.

Rosette revint un jour de l'école les yeux tout rouges et gonflés. Son père vit qu'elle avait pleuré.

—Ma chère enfant, lui dit-il, tu as eu du chagrin, il faut m'en dire la cause.

La petite fille se mit à pleurer et à sangloter :

— C'est, dit-elle, que M. le curé est venu aujourd'hui à l'école et qu'il a donné des récompenses à toutes les petites filles.

— Tu en as donc reçu ta part? lui demanda son père.

— Hélas! non, continua-t-elle en

pleurant plus fort, il n'y a que moi qui n'ai reçu ni compliment ni récompense; pourtant je savais aussi bien que les autres et j'étais aussi en état de répondre, mais M. le curé ne m'a point interrogée. Il a loué plusieurs de mes camarades pour leur bonne tenue à l'église; je suis sûre de m'y être toujours bien conduite, et il n'a pas dit un seul mot de moi. Je savais de plus un beau cantique en l'honneur de la Vierge, que les autres n'avaient point appris; mais cela ne m'a servi de rien, parce qu'on ne m'a pas dit de le chanter; il faut que je sois bien malheureuse.

— Rosette, lui dit son père, voilà donc la cause de ton chagrin; tu t'affliges de n'avoir point reçu ta part des compliments et des belles images. Mais, dis-moi : quand tu te montres studieuse et appliquée, c'est donc seulement en vue des éloges que tu t'attends à recevoir? si tu te conduis bien à l'église en présence des saints mystères, c'est donc pour les hommes et non pour Dieu : et tu crois n'avoir rien fait en apprenant un beau cantique en l'honneur de la Vierge, parce que tu n'as pas eu l'occasion de le chanter? Au lieu de te plaindre en cette circonstance, je me réjouis plutôt de ce petit désappointement qui t'arrive : je vois que tu as oublié ce que je t'ai dit souvent, que nous devons faire le bien pour le bien même, et non pour le profit ou l'honneur qui doit nous en revenir. Si tu avais retenu mes paroles, tu te serais épargné bien des larmes; tu aurais dit : J'ai fait mon devoir; puisque je ne reçois pas aujourd'hui ma récompense, c'est que Dieu ne le veut pas, et que peut-être il juge à propos de m'éprouver. Je n'en continuerai pas moins de faire ce qui est juste, parce

que le point essentiel n'est pas d'obtenir
la récompense, mais de la mériter. Voilà,
ma fille, ce que je suis forcé de te redire;
fais en sorte que ce soit pour la dernière
fois.

Pratiquons la vertu, mais pour la vertu même,
Jamais le bien qu'on fait ne peut être perdu;
Dieu récompensera tôt ou tard ceux qu'il aime;
Et nous ne perdrons rien pour avoir attendu.

Les Fruits sains et les Fruits gâtés.

— Qu'as-tu donc appris à l'école?
demandait un père à son fils.

— Pas grand'chose, papa, le maître
nous a fait de la morale et nous a dit
qu'il faut fuir les mauvaises sociétés; je
ne demande pas mieux, mais je ne sais
ce que c'est que les mauvaises sociétés.

— Mon enfant, si le maître n'a point
cherché à te l'apprendre, c'est qu'il pensait que tu le savais, lui répondit son
père : par mauvaises sociétés, en géné-

ral, on entend les hommes qui ne vivent point selon la sainte doctrine, et qui attirent les autres dans le mal par leurs discours et par leurs exemples. Il faut les fuir, parce qu'ils sont à la fois corrompus et corrupteurs, et que le vice qui les ronge s'étend comme une maladie contagieuse et se propage comme le feu. Pour les écoliers de ton âge, les mauvaises sociétés, ce sont les enfants rebelles qui sont désobéissants à leur père et à leur mère, paresseux, voleurs, et qui, par leurs vices mêmes, sont portés à détourner les autres de leurs devoirs. Un honnête enfant qui les fréquente sera bientôt perverti comme eux.

— Cependant, mon père, dit le petit garçon, il me semble, au contraire, que les enfants sages devraient fréquenter ceux qui ne le sont pas, afin de les ramener au bien par leurs bons exemples.

Une visite vint au père en ce moment, et il ne put répondre à la question que lui faisait son fils.

Mais le soir, à souper, il fit, sur la table, servir des pommes gâtées, et dit à l'enfant : — Va chercher quelques pommes saines et mets-les avec celles-ci ; les bonnes rendront aux mauvaises leur fraîcheur et leur beauté.

— C'est ce que je ne crois pas, cher papa, dit le petit garçon ; je craindrais plutôt de voir les pommes saines gâtées par les autres.

— Eh bien ! dit le père, tu as répondu toi-même à la question de tantôt. De même que ce ne sont point les fruits sains qui peuvent rendre bons les fruits gâtés, mais tout le contraire, de même aussi les mauvais enfants auront plus de force pour corrompre les autres, que les autres n'en auront pour les corriger. Tu sais maintenant, mon fils, ce qu'on entend par les mauvaises sociétés, et quel est le danger de s'y livrer, même avec l'intention louable de ramener dans le bon chemin les malheureux qui s'en écartent

Le vice est comme un feu que toujours il faut craindre,
Il brûle trop souvent la main qui veut l'éteindre.

Une rude Leçon.

André, petit enfant de sept ans, ne se plaisait qu'à tourmenter les animaux et à les faire souffrir. Il aimait à les voir palpiter sous les coups, et leurs cris douloureux lui causaient une joie féroce.

Les enfants de son âge avaient beau lui faire honte de cette manie cruelle qui annonçait le plus mauvais cœur, il ne s'en corrigeait pas ; bien plus, même, elle ne fit que se fortifier avec l'âge : quand il fut devenu plus grand et plus fort, il se mit à battre aussi les petits garçons et les petites filles. Son plus grand bonheur était de les faire pleurer.

Passant un jour devant la maison d'un paysan, il vit près de la porte deux petits moutons attachés par les pieds. Il ne manqua pas de s'en approcher pour leur faire du mal : il se mit à leur tirer la laine, à leur donner des coups de pied, et les pauvres bêtes s'agitaient convulsivement dans leurs liens. André, qui se croyait seul, était au comble de la joie, quand un homme, caché derrière la porte, s'élance tout-à-coup sur lui, le saisit par les cheveux et le secoue si rudement qu'il en est tout étourdi. La douleur lui arrache des cris affreux.

— Ah ! ah ! dit le paysan, cela te fait mal et tu n'aimes pas à souffrir. Penses-tu donc que ces pauvres animaux ne souffraient pas aussi quand tu les tourmentais ?

Cette leçon était rude, mais André en avait besoin, puisque toutes les réprimandes de ses parents et de ses maîtres n'avaient pu le corriger de sa cruelle habitude. Depuis ce moment il se garda bien de faire souffrir aucun animal et de tourmenter les petits enfants.

Gardez-vous, mes enfants, par un cruel caprice,
De tourmenter jamais de pauvres animaux.
Ils souffrent comme nous : pourquoi causer leurs maux?
Ce barbare plaisir mène à toute injustice.

Comment il faut prier.

Paul, joli petit garçon de dix ans, désirait avec ardeur satisfaire ses parents et ses maîtres; il avait compris la nécessité d'être un honnête enfant, afin d'être plus tard un honnête homme. Toutes ses idées, tous ses efforts tendaient à se corriger de ses défauts et à se donner les bonnes qualités qu'il n'avait pas. Le pauvre enfant se trouvait bien heureux quand il recevait de ses maîtres une louange qu'il sentait avoir bien méritée ; cependant, comme il avait une idée très claire de ses devoirs, il s'affligeait de ne pouvoir pas les remplir aussi bien qu'il les concevait. Les petites fautes où il tombait encore le désolaient. Au lieu de se dire : Je ferai mieux demain, il se demandait avec douleur : Pourquoi faut-il que j'aie commis cette faute aujourd'hui ? à quoi tiennent ces inégalités dans ma conduite ? Ces réflexions l'affligeaient profondément.

Un soir, il avait une lettre à porter au presbytère ; M. le curé, qui l'aimait à cause de sa piété naïve et de son excellent caractère, lui dit, en le voyant entrer : — Eh bien ! Paul, comment cela va-t-il aujourd'hui ?

— Pas trop bien, M. le curé, dit l'enfant, et il se mit à baisser les yeux.

— Comment donc, pas trop bien? que t'est-il arrivé?

— Non, pas trop bien ! je n'ai pas fait ce que j'aurais voulu.

— Tu as donc fait ce que tu ne voulais pas?

— Oui, M. le curé : j'avais pris hier de bonnes résolutions et je ne les ai pas tenues; je m'étais promis de faire avec joie toutes les volontés de mon père, et je n'ai obéi qu'avec répugnance. Je ne sais à quoi cela tient, et je me trouve bien malheureux d'avoir si peu de force.

— Je te plains, mon enfant; mais je crois que si tu connaissais la cause de ta faiblesse tu deviendrais plus fort. Je crois la connaître : dis-moi, comment avais-tu fait ta prière ce matin?

— Comme à l'ordinaire, M. le curé.

— Tu n'as pas l'air d'entendre ma question : je ne te demande pas si tu as fait la prière aujourd'hui comme d'habitude, mais si tu es sûr d'avoir bien prié; que me dis-tu?

L'enfant baissa les yeux en rougissant et ne répondit pas.

— Vois-tu, mon ami, continua le curé, toutes nos actions de la journée dépendent de la manière dont nous avons fait la prière le matin; pour bien finir, il faut avoir bien commencé. Réfléchis et tâche de te rappeler quelques-uns des jours où tu n'as pas été content de toi, comme aujourd'hui, tu verras que tu avais prié avec négligence et dans des dispositions peu convenables : rappelle-toi de même les jours où ta conduite a été bonne, et tu trouveras qu'une bonne prière avait commencé ta journée. Sais-tu ce que c'est que la prière du cœur et la prière des lèvres?

— Non, monsieur le curé.

— La prière du cœur, mon enfant, c'est celle que tu as faite les jours que tu t'es bien conduit; c'est la véritable prière qui obtient tout de Dieu parce qu'elle demande avec désir, avec amour, avec une foi parfaite, en un mot, parce qu'elle part du cœur. La prière des lèvres n'est qu'un vain bruit; c'est une suite de paroles prononcées sans chaleur, sans recueillement, sans conviction. Celle-là, Dieu ne l'exauce point, car il dit dans son Évangile : « Ce peuple me prie des lèvres, mais son cœur est loin de moi. » C'est ainsi que tu pries toutes les fois que tu dois commettre des fautes.

— Ah! je le vois maintenant, M. le curé : pour bien me conduire tous les jours, il me faut bien prier tous les jours aussi.

— C'est cela, mon enfant; il faut prier de cœur et d'esprit, c'est-à-dire avec une claire intelligence de ce que tu demandes à Dieu et un désir ardent de l'obtenir. Tu dois donc, pour que ta prière soit puissante et efficace, te bien pénétrer d'abord de la grandeur de Dieu, de sa miséricorde infinie, du besoin que tu as de son secours; après cela, tu sais quel bien tu te proposes de faire dans la journée, quel est le mal que tu veux éviter, en un mot, l'ensemble des devoirs qui conviennent à ton âge et que tu veux remplir. Si tu pries dans ces dispositions, Dieu te donnera la force nécessaire pour l'œuvre de chaque jour, et il ne t'arrivera plus d'être mécontent de toi-même comme tu l'es aujourd'hui.

Paul promit au bon curé de suivre ses conseils et lui demanda la permission de revenir le voir dès qu'il serait plus content de lui-même. L'homme de Dieu le lui permit bien volontiers, et, dès le len-

demain, au coucher du soleil, il le vit
accourir au presbytère, plein de joie et
de consolation.

Dieu peut tout, mes enfants; une vive prière
Doit nous faire obtenir les dons de sa bonté.
Lui seul peut nous donner la grâce nécessaire
Pour accomplir en tout sa sainte volonté.

Le conseil du Père.

Un homme avait eu le bonheur, dans
un naufrage, d'aborder à une île déserte
avec sa femme et trois enfants en bas
âge. Quelques jours après son arrivée dans cette île, il avait trouvé quelques provisions et un peu de blé parmi
les débris du navire échoué sur la côte.
Son premier soin fut de labourer la terre,
qui était grasse et fertile, et de semer le
grain qu'il avait, afin de ne point se trouver au dépourvu quand ses faibles ressources viendraient à lui manquer.

La prévoyance de cet homme avait été sage ; il eut au bout de quelques mois une récolte assez abondante pour se nourrir toute l'année, lui, sa femme et ses enfants. Il fit de même les années suivantes, et recueillit encore beaucoup de blé.

Au bout de quelque temps sa femme vint à mourir et il resta seul avec ses trois enfants. Alors il se dit à lui-même : Je puis mourir aussi, et mes enfants, trop jeunes pour labourer la terre et pour l'ensemencer, seront en danger de mourir de faim si je ne travaille pas dès aujourd'hui pour le temps où je ne serai plus avec eux.

Alors il se mit à labourer une plus grande étendue de terre et obtint de plus riches moissons. Tout ce qui ne servait pas aux besoins présents, il le mettait en réserve pour l'avenir. Il fit ainsi pendant plusieurs années consécutives, au bout

desquelles il tomba dangereusement malade.

Sentant sa fin prochaine, ce bon père
appela ses enfants, qui étaient déjà dans
la fleur de l'âge, et leur dit :

— Mes enfants, l'heure est venue pour
moi d'aller rejoindre votre mère dans un
monde meilleur : vous allez être seuls
sur cette terre ; mais ne craignez rien :
les cabanes que j'ai bâties sont pleines
de provisions pour plusieurs années, et
si vous êtes sages vous ne manquerez de
rien après moi. Seulement n'oubliez pas,
dès que j'aurai fermé les yeux, de vous
partager en frères ce que je vous aurai
laissé, et de vous mettre aussitôt à labourer et à ensemencer une partie de
terre que vous choisirez, l'un au midi,
l'autre au levant, le troisième au cou-
chant, sans toutefois vous éloigner beaucoup l'un de l'autre.

Leur père mort, les trois enfants se partagèrent le blé qu'il avait amassé pour eux, et chacun d'eux s'en alla de son côté, suivant le conseil qu'ils avaient reçu de lui.

Mais arrivé au lieu qu'il avait choisi pour son partage, l'aîné se dit : J'ai du blé pour plusieurs années, et la terre que j'habite est riante et agréable ; au lieu de me consumer péniblement à déchirer son sein, je ferai mieux de jouir en paix de ses délicieux ombrages. Il sera toujours temps de semer plus tard.

Le second ne raisonna pas plus sagement. Cette terre est si bonne qu'elle n'a pas besoin de culture, pensa-t-il ; il y a ici beaucoup d'eau ; il suffit de jeter le blé sur le sol : il poussera de lui-même.

Au bout de quelques années, celui des deux frères qui n'avait ni labouré ni semé, se trouvant privé de toutes ressources, alla vers celui qui avait semé sans labourer; il le trouva aussi misérable que lui-même. Qu'allons-nous devenir? se disaient-ils l'un à l'autre : si notre jeune frère n'a pas été plus sage que nous et qu'il ne puisse pas nous aider, nous mourrons de faim pour n'avoir pas suivi les consei's de notre père.

Heureusement pour eux que le plus jeune des trois frères avait été le plus sage. A peine arrivé dans la partie de l'île où il devait se fixer, il s'était mis aussitôt à labourer et à semer sans perdre un seul moment, de sorte qu'il était riche et heureux quand il reçut la visite de ses frères; il vint à leur secours; cette leçon suffit pour leur faire comprendre leur imprudence.

Comme on ne sait jamais quand on doit recueillir,
Il faut semer d'avance et prévoir l'avenir.

L'Ordre et le Désordre.

Ferdinand et Jules étaient frères, mais ils ne se ressemblaient pas. Le premier s'était habitué de bonne heure à mettre de l'ordre en toute chose et à si bien régler sa journée, qu'il savait toujours ce qu'il avait à faire. Il se couchait et se levait régulièrement à l'heure fixe, et ses études et ses jeux étaient réglés d'avance, et il ne lui arrivait jamais de chercher longtemps dans sa chambre ce dont i' avait besoin, parce que chaque chose était mise à sa place. De cette manière il ne perdait pas un moment, et ses progrès étaient rapides.

Jules semblait au contraire ne respirer à son aise que dans le désordre : sa chambre était un chaos où rien ne se trouvait à sa place, de sorte que s'il avait

besoin d'un livre, il perdait à le chercher le temps qu'il aurait dû mettre à s'en
servir. Le même désordre régnait dans sa
tête ; il ne savait jamais ce qu'il avait à
faire, et toutes ses journées se consu-
maient à commencer mille choses qu'il
oubliait à l'instant même et n'achevait
pas. Nécessairement il ne faisait aucun
progrès, parce qu'il n'y avait ni règle
dans sa vie, ni suite dans ses idées.

— Mes enfants, dit un jour le père de
Ferdinand et de Jules, votre cousin doit
venir aujourd'hui ; il voudra sans doute
examiner vos travaux et connaître le résultat de vos études. Répondez à toutes
ses questions ; montrez-lui vos cahiers,
et tâchez qu'il me regarde aussi comme
un heureux père, lui qui a tant à se louer
de ses enfants.

Comme il achevait ces mots, le cousin
entra. Après les premiers compliments

d'usage, il se mit à questionner ses jeunes cousins devant leur père. Ferdinand le surprit par ses réponses pleines de science et de jugement; il n'eut que des éloges à lui donner, et il pensa en lui-même que son fils aîné, dont il était fier, n'était point comparable à son cousin, qui était cependant moins âgé de quelques mois.

— Et toi, Jules, où en es-tu? continua le cousin; montre-moi ton écriture.

Jules baissa les yeux avec un air d'embarras et sortit pour aller chercher ses cahiers.

Il rentra un quart d'heure après, les mains vides.

— Je ne sais, dit-il, ce qu'est devenu mon cahier; j'ai tout remué dans ma chambre; il faut que ma sœur me l'ait égaré. Ce n'est pas la première fois.

— Silence ! dit le père, ce que tu dis

là n'est pas possible ; ta sœur n'a rien à
faire de tes cahiers. S'ils sont perdus,
c'est ta faute ; viens avec moi dans ta
chambre, je veux voir comment elle est
tenue.

Le bon père fut saisi de douleur à la
vue du désordre qui régnait dans cette
chambre. Il y avait un soulier sur la table de travail, tandis que le papier et les
livres étaient jetés par terre pêle-mêle et
dans la plus grande confusion.

— Ne cherchons pas tes cahiers, dit le
père, car ce serait peine perdue.

Le pauvre Jules se trouva si honteux
qu'il n'eut pas le courage de reparaître
devant son cousin.

Le lendemain, son père le prit en particulier :

— Tu vois, lui dit-il, à quelles humi-
liations t'expose le défaut d'ordre. C'est
une honte qui rejaillit sur moi-même, et

si tu tenais le moins du monde à ne pas m'affliger, il y a longtemps que tu aurais changé de conduite. Ne sens-tu pas enfin combien tu es coupable, surtout quand tu viens accuser ta sœur de t'avoir égaré tes cahiers, et que tu as recours au mensonge pour couvrir tes fautes?

Jules fondit en larmes; il sentait la vérité de ces reproches.

— Pleure, mon enfant, lui dit son père, mais que ces pleurs te servent à quelque chose, et t'épargnent les malheurs que l'esprit de désordre te prépare pour un âge plus avancé; je frémis en y pensant.

Jules promit sincèrement de se corriger; il commença le jour même et persévéra dans cette bonne résolution.

Dans tout ce qu'on possède et dans tout ce qu'on fait,
Il faut qu'aux soins constants, l'esprit, l'ordre s'allie.
Celui qui n'a pas d'ordre, égarant chaque objet,
A manquer, à chercher, passe toute sa vie.

La Probité récompensée.

Un étranger passant un soir devant une ferme isolée, demanda au paysan qu'il trouva sur la porte s'il était bien sur le chemin d'un petit village peu éloigné.

— Oui, Monsieur, répondit le brave homme, il faut aller tout droit; mais comme il fait déjà nuit, et que vous avez à traverser un bois coupé de plusieurs routes, vous pourriez vous égarer. Je vais appeler un de mes enfants pour vous servir de guide.

Justin, le plus jeune de ses fils, parut au même instant sur la porte.

— Va, lui dit son père, et conduis Monsieur jusqu'au village qu'il te dira.

L'enfant partit, et au bout d'une demi-heure ils étaient arrivés. L'étranger voulut alors récompenser le petit garçon; il ouvrit sa bourse et lui donna la première pièce qu'il y trouva. L'enfant refusa d'abord; mais l'autre y mit tant d'insistance qu'il finit par accepter.

Revenu à la ferme, il s'empressa de remettre la pièce à son père. Celui-ci, en la regardant, s'aperçut qu'elle était d'or et valait vingt francs.

— Mon enfant, s'écria-t-il aussitôt, voilà un grand malheur. Ce monsieur s'est trompé; il croyait te donner vingt sous et t'a donné vingt francs. Comment faire? il ne repassera peut-être jamais par ici, et demain au lever du soleil il ne sera plus au village. Quel moyen de lui rendre cet argent qu'il regrettera sans doute, et dont il aura besoin pendant son voyage? Quel moyen surtout d'empêcher qu'il ne pense mal de nous?

— Il n'y a qu'un moyen, dit l'enfant,

je vais courir tout de suite au village lui reporter sa pièce d'or.

Il partit et retrouva l'étranger. Cet homme, qui effectivement n'avait cru donner qu'une pièce d'argent, fut charmé de tant de droiture, mais il ne voulut pas reprendre son or : et comme l'enfant refusait absolument de le garder, craignant que son père ne voulût pas croire qu'il l'avait reporté, ou le blâmât de l'avoir reçu, il lui donna en même temps ce billet pour le fermier :

« Je vous prie de garder la pièce d'or comme un témoignage de ma reconnaissance et comme le prix de votre loyauté. Dieu vous bénisse, vous et vos enfants ! »

Le père consentit à reprendre la pièce; mais le dimanche suivant il se rendit au village pour la donner à un pauvre journalier chargé de famille, et dont la maison venait d'être brûlée.

Que la probité soit le premier de vos soins,
C'est le fonds qui manque le moins.

Le Frère et la Sœur.

Deux jeunes orphelins, Thomas et Louise, avaient été recueillis par une vieille parente. Cette femme, veuve et sans fortune, eut beaucoup de peine à les élever.

Lorsqu'ils eurent un certain âge, elle les mit en service dans une maison riche et vraiment chrétienne. Dès ce moment leur existence était assurée; Thomas surtout, qui était grand et robuste, gagnait assez pour faire des économies.

Deux ans après leur entrée en service, la bonne vieille, qui travaillait toujours pour n'être point à charge à ses enfants adoptifs, eut le malheur de tomber dans un escalier et se cassa une jambe.

A la nouvelle de ce triste accident, Louise versa beaucoup de larmes et demanda à son maître la permission de s'absenter quelque temps pour aller donner ses soins à sa bienfaitrice. Le maître, qui était un homme pieux et sensible, y consentit volontiers, et voulut même lui conserver ses gages pour tout le temps qu'elle passerait auprès du lit de sa mère adoptive.

Thomas, au contraire, se montra insensible au malheur de la bonne vieille. Il ne songea pas à lui rendre une seule visite, ni même à lui envoyer aucun secours, quoiqu'il fût plus riche que sa sœur. Louise lui en fit un jour les reproches les plus touchants.

— Je n'ai rien de trop pour moi, répondit-il.

Cette parole pleine d'ingratitude révolta son maître, qui ne voulut pas le garder plus longtemps à son service. Il sortit de sa maison.

L'idée de se trouver sans place, et surtout le remords d'avoir manqué si brutalement à son premier devoir, aigrirent d'abord son caractère et finirent par troubler sa raison. Il se mit à boire du vin pour s'étourdir. Ce vice devenant de jour en jour plus fort, il en vint à ne pouvoir plus gagner sa vie et tomba dans une profonde misère, qui le conduisit de bonne heure au tombeau.

Le sort de Louise fut différent comme sa conduite l'avait été; son bon cœur et son dévouement la rendirent de plus en plus chère à son maître, qui l'établit d'une manière honorable. Elle vécut heureuse, et longtemps encore elle conserva près d'elle sa vieille parente, à qui elle rendit les soins et l'assistance qu'elle en avait reçus dans son enfance.

Le bien qu'on a semé dans une bonne terre
Y germe avec le temps et rapporte un doux fruit.
Mais dans un cœur ingrat, ainsi que sur la pierre,
Le bienfait répandu se sèche et se flétrit.

Isolez le Méchant pour le rendre bon.

Pierre était un méchant garçon qui ne se plaisait que dans le mal et ne pouvait vivre en paix avec personne. Ses frères et ses sœurs, ainsi que les domestiques, étaient toujours en butte à ses mauvais tours. Pierre était un enfant insociable.

Ses parents ne cessaient de l'avertir et faisaient tout au monde pour le ramener à de meilleurs sentiments; mais c'était toujours en vain. Ni les réprimandes, ni les prières, ni les pleurs même de sa mère ne pouvaient rien sur son caractère violent et querelleur.

Son père l'avait souvent menacé de le faire enfermer seul dans une chambre

séparée du reste de la maison. Un jour
que Pierre avait mis le comble à ses mé-
chancetés en faisant tomber sa sœur dans
le ruisseau qui coulait derrière le jardin,
son père le fit enfermer comme il l'avait
dit, et défendit expressément à toute personne de la maison de s'approcher de la
chambre où il était.

Les gens qui, par leur caractère, ne
sauraient vivre avec personne, sont précisément ceux qui peuvent le moins supporter la solitude : Pierre l'éprouva bien.
Les premières heures de la journée lui
parurent très longues, quoiqu'il eût encore l'espérance de voir arriver quelqu'un
avec qui il pût s'entretenir.

Mais à midi, quand la servante qui
lui apportait à manger se fut retirée sans
rien répondre aux paroles aimables qu'il
lui avait dites, Pierre tomba dans une

grande tristesse et ne put presque rien manger.

L'après-midi lui parut une année. Il n'espérait plus que personne vînt lui tenir compagnie : en vain essaya-t-il, pour tromper son chagrin, de s'amuser avec les mouches qui volaient par la chambre ; il avait beau les compter, les poursuivre, leur adresser la parole, les mouches ne répondaient pas, et Pierre se trouvait toujours seul.

A la fin du jour, sa sœur vint lui apporter une soupe.

— Oh ! je t'en prie, ma chère petite sœur, lui dit-il, ne t'en va pas ; reste un moment avec moi, je ne te ferai plus jamais de mal.

Mais la sœur mit la soupe sur la table et se retira sans lui répondre un seul mot.

La nuit venue, Pierre ne put fermer

l'œil un moment. Accablé de cette longue journée d'ennui, il voyait avec effroi l'arrivée du lendemain, et se demandait s'il aurait à endurer le même supplice.

Au milieu de ces tristes réflexions, il lui en venait d'autres sur son mauvais caractère; il ne se dissimulait pas que chaque jour il n'avait vécu que pour désoler tous ceux qui l'approchaient. Alors il sentait vivement tous ses torts et se disait à lui-même que si on le tirait de sa solitude il changerait de conduite.

Dès que le jour parut, le malheureux Pierre se mit à pleurer, à sangloter et à crier de toutes ses forces :

—Papa ! maman ! ouvrez-moi, laissez-moi sortir, je ne puis rester ici.

Après avoir laissé crier quelque temps, son père entra dans la chambre. Pierre se jeta aussitôt à ses genoux et lui de-

manda la permission de retourner auprès
de ses frères et de ses sœurs.

— Quand on ne peut vivre avec personne, lui répondit son père, il faut savoir vivre seul.

Là-dessus le malheureux poussa des
cris plaintifs, et fit les protestations les
plus sincères de ne plus retomber dans
ses premières habitudes. Son père lui
permit de sortir.

Grâce à cette rude leçon, Pierre devint
doux avec tout le monde ; c'était l'enfant
le plus aimable qu'on pût voir.

Reléguez dans 'a solitude
Tout enfant qui du mal fait sa plus chère étude.

Comment il faut traiter les Domestiques.

Alix, jeune fille de quatorze ans,
faisait le désespoir des domestiques qui
entraient en service dans l'auberge de

son père; elle commandait d'une voix sèche et impérieuse, grondait toujours, et rien n'était jamais assez bien fait pour elle.

Son père, qui était un homme doux, la reprenait souvent en particulier.

— Si tu traites de la sorte ces pauvres filles, lui disait-il, nous n'en trouverons plus qui veuillent nous servir, car autant vaudrait ne point entrer pour recevoir des injures et en sortir presque aussitôt après y être entré. Nous ne pouvons pourtant nous passer de domestiques, et notre intérêt même nous conseille d'avoir pour eux plus d'égards, sans compter que les maltraiter comme tu fais c'est pécher contre Dieu même, car ils sont autant que nous devant lui.

Mais Alix, violente et emportée, ne se rendait point à ces sages paroles. La maison retentissait continuellement de ses cris et des injures dont elle accablai ses pauvres servantes. A la moindre faute, elle leur reprochait, même devant le monde, la bonne nourriture et les forts gages qu'elles avaient dans l'auberge; si elles s'avisaient de répondre un seul mot, elle les traitait de bêtes et de viles servantes. Ces pauvres filles ne pouvaient y tenir et quittaient la maison.

L'une d'elles, poussée à bout, lui dit en partant : Je ne vous souhaite pas d'être un jour réduite à servir les autres, mais on ne sait pas ce qui peut arriver; si vous devenez servante à votre tour, je vous souhaite de trouver une meilleure maîtresse que vous, car vous n'y tiendriez pas.

Alix, qui se sentait riche, ne fit que rire de cette parole.

Mais peu de temps après tout changea de face. La guerre, avec tous les maux qu'elle traîne après elle, visita ce malheureux pays. L'auberge, qui se trouvait précisément sur le passage des troupes fut plusieurs fois pillée, dévastée à moitié, et détruite par le canon. Le pauvre père, en voulant se défendre contre des maraudeurs de nuit, fut si maltraité qu'il alla mourir sous un toit étranger.

Quel sera maintenant le sort d'Alix? plus d'auberge à conduire, plus de domestiques à tourmenter, pas d'argent pour chercher une retraite; la malheureuse manquait même de pain. Dans cette cruelle position, ne sachant que devenir, elle marcha devant elle tout un jour et arriva le soir, exténuée de fatigue et de faim, devant la porte d'un pauvre paysan qui lui donna un peu de nourriture et un asile pour la nuit. Le jour suivant, elle se trouva toute heureuse d'entrer comme servante chez une dame des environs.

Heureusement pour elle que cette maîtresse ne lui ressemblait pas ; c'était une femme douce et pieuse, qui traitait ses inférieurs avec la plus grande bonté. Alix passa quelque temps auprès d'elle, et quand le retour de la paix eut permis de l'indemniser de ses pertes, elle rétablit son auberge et prouva, par sa douceur envers ses propres servantes, que les leçons du malheur lui avaient profité.

Nos domestiques sont des hommes comme nous,
Forcés par le besoin à vendre leurs services ;
Mais ils ne sont pas soumis à nos caprices,
Et nous devons leur faire un sort heureux et doux...

Il faut honorer la vieillesse.

Robert avait deux fils, dont le défaut principal était de ne point respecter la vieillesse. Chaque fois qu'un homme âgé leur donnait un conseil ou leur faisait une réprimande, ils lui riaient au nez et le raillaient avec la dernière insolence. Robert était très affligé des rapports que ses voisins lui faisaient tous les jours à ce sujet. Il appelait ses enfants et leur adressait de vifs reproches.

— Ne savez-vous donc pas, leur disait-il, qu'on pèche contre Dieu même en insultant les vieillards? Quand l'Esprit-Saint nous dit : « Là où tu vois des hommes âgés, retiens ta langue, » c'est une parole qui s'adresse aux hommes faits, aux hommes de mon âge, à moi qui suis votre père : et vous, qui êtes sans jugement, vous mépriserez ceux que vos parents, qui vous ont mis au monde, sont tenus d'honorer! Cette conduite de votre part prouve que vous n'avez point de saines idées des choses; car, si vous considériez seulement la longue vie des vieillards et l'expérience qui en est la suite, vous ne paraîtriez devant eux qu'avec un saint respect.

Ainsi parlait le bon Robert ; mais ses avertissements et ses reproches ne pouvaient rien sur ces esprits légers et ignorants : il pensa même que les châtiments n'auraient pas suffi pour les corriger.

Lorsque le jour de sa fête arriva, ses enfants vinrent lui souhaiter une longue vie et une heureuse vieillesse.

— Ne me souhaitez rien de pareil, leur dit-il, si vous m'aimez ; car pourquoi vivrais-je longtemps ? serait-ce pour voir un jour mes cheveux blancs attirer la moquerie sur ma tête ; pour offrir à des enfants dépravés, vous ou d'autres dit-il en arrêtant sur eux un regard triste et sévère), un sujet de raillerie et de risée ? Souhaitez-moi plutôt la mort.

Les enfants, jusqu'alors incorrigibles,

sentirent la force de ces paroles prononcées d'un ton grave, dans un moment solennel. Ils furent touchés de repentir et cessèrent leurs railleries indécentes contre la vieillesse.

Aux conseils des vieillards accordez confiance;
Des choses de ce monde ils ont l'expérience.
Loin de vous en moquer, écoutez leurs avis :
Vous vous trouverez bien de les avoir suivis

Paresse et Mensonge.

Prosper avait contracté l'habitude de ne point sortir du lit aussitôt qu'il s'éveillait ; tantôt c'était l'envie de dormir, tantôt c'était le froid qui l'empêchait de se lever : de sorte que manquant toujours le moment favorable pour commencer la journée, il avait toutes les peines du monde à quitter le lit.

Ses parents lui en faisaient chaque jour les plus vifs reproches. — En ne te levant pas quand tu le devrais, lui disaient-ils, tu nous désobéis dès ton réveil, avant de quitter le lit. Aussi, toutes les actions de la journée s'en ressentent; car ce qui commence mal doit mal finir. Ne sens-tu pas que cette paresse est une langueur de l'âme et une maladie du corps qui, négligées, deviendront à la fin tout-à-fait incurables? Prosper sentait la justice de ces reproches, mais il promettait en vain de se corriger, parce que l'habitude était devenue plus forte.

Un jour son père monta dans sa chambre pour l'éveiller : — Lève-toi, mon fils, lui dit-il, car il est grand jour. — Je me lève à l'instant, dit Prosper, et il se tourna du côté de la muraille. Le père descendit pour aller à ses travaux.

Une heure après, un étranger vint à la maison, accompagné d'un enfant de l'âge de Prosper. Pendant que les deux hommes s'asseyaient autour d'une table pour conclure un marché, le petit garçon demanda où était Prosper, son camarade d'école.

— Il faut qu'il soit sorti, répondit le père, car voilà plus d'une heure que je suis monté pour l'éveiller.

Il fallut quelque temps pour s'entendre. L'affaire était déjà terminée, et l'étranger se levait pour sortir, quand Prosper entra dans la chambre en se frottant les yeux, les cheveux en désordre et à moitié vêtu.

— Bonjour, Prosper, lui dit malicieusement son petit camarade; tu n'es pas bien, à ce qu'il paraît : qu'as-tu donc?

— Mais rien, répondit Prosper, j'ai dormi jusqu'à cette heure parce qu'on ne m'a pas éveillé comme à l'ordinaire.

—Silence, Monsieur, lui dit son père, vous devriez rougir; mais patience!

Dès qu'il eut reconduit l'étranger à la porte, il revint trouver son fils et lui dit avec colère : — Malheureux ! à quelle honte viens-tu de t'exposer ? j'avais dit moi-même à ces personnes que je t'avais éveillé ; tu es descendu à temps pour leur apprendre que tu étais doublement vicieux, c'est-à-dire paresseux et menteur, et maintenant il ne tient qu'à elles de te rendre méprisable partout, à l'école et dans la ville. N'est-ce pas trop de honte pour toi et pour moi ? n'est-il pas temps de te corriger ? Si l'humiliation d'aujourd'hui ne te suffit pas pour te porter à changer ta conduite, je t'avertis que dès demain, sans plus de délai, j'emploierai pour vaincre ta paresse des moyens qui ne te seront pas agréables.

Le père tint parole, et sa sévérité ne tarda pas à produire d'heureux effets.

La paresse est l'amour d'un indolent repos
Qui, nous faisant haïr jusqu'aux moindres travaux,
Conduit, par un effet constant et nécessaire,
L'homme riche à l'ennui, le pauvre à la misère.

L'Espérance trompée.

Un bon curé venait souvent visiter l'école du village ; il aimait les enfants, surtout ceux qui se montraient honnêtes et studieux, et leur distribuait lui-même de petites récompenses. Un jour qu'il était assez content de tous, il leur dit : — Mes enfants, j'ai obtenu de M. le juge de paix la permission pour vous et pour moi de visiter son beau jardin, qui est à deux lieues d'ici ; continuez de vous bien conduire, et jeudi prochain nous ferons ensemble cette promenade. Vous avez entendu parler des plantes rares et des arbres étrangers que renferme ce jardin, vous pourrez voir tout cela de près, et même si vous êtes bien sages en sa présence, M. le juge de paix vous permettra de rapporter de belles fleurs, telles que vous n'en avez jamais vu. A jeudi prochain; nous nous réunirons à huit heures.

La joie fut grande parmi les enfants.

— Quel bonheur, disaient-ils, de visiter ce beau jardin! Oh! nous voulons nous bien conduire pour mériter d'y aller une autre fois. Mais jeudi, c'est bien loin; que n'est-ce demain? que n'est-ce aujourd'hui, à l'instant même?

— Il faut savoir attendre le plaisir, leur dit le bon curé; tâchez d'être calmes et patients.

L'heureux jour parut enfin. Longtemps avant l'heure dite, les enfants étaient au rendez-vous, joyeux et revêtus de leurs plus beaux habits. Il faisait un temps magnifique : dès que M. le curé fut arrivé, ils voulurent se mettre en route.

— L'heure n'est pas encore venue, leur dit-il, vous avez trop d'impatience.

Enfin il prit sa canne et son chapeau, et ouvrit la porte. Au même instant un messager de M. le juge de paix entra dans l'école et dit à M. le curé, de la part de son maître, qu'il le priait de recevoir ses compliments et ses excuses, et de remettre à un autre jour la partie de promenade, attendu qu'une indisposition subite le retenait au lit et ne lui permettrait pas de l'accompagner, ainsi que les petits enfants.

Cette nouvelle fut un coup de foudre pour nos écoliers; la tristesse et l'abattement se peignirent sur leurs visages tout-à-l'heure si joyeux et si animés.

— Est-il possible! disaient-ils; nou.. n'irons point! quel malheur! avec un si

beau temps ! faut-il que M. le juge soit
tombé malade justement ce matin !

M. le curé les fit rentrer à l'école, et
voulut remplacer par une instruction
solide le plaisir perdu. Dès qu'ils furent
tous en place, il leur dit :

— Je suis fâché pour vous du contre-
temps qui vous arrive, et je partage votre
peine ; mais si vous voulez m'écouter
avec attention, je vous dirai quelque
chose qui peut-être en adoucira l'amertume. Vous êtes trop jeunes pour vous
faire une idée juste de la vie qui vous
reste à parcourir ; mais je puis vous as-
surer que le petit malheur d'aujourd'hui
se renouvellera plus d'une fois pendant
le cours de votre existence ; plus d'une
fois vous aurez à gémir sur des espérances trompées, sur des désirs déçus, et
votre joie sera changée en tristesse. Toutes nos satisfactions ici-bas tiennent à

mille petites circonstances qui nous dominent; l'événement heureux sur lequel nous comptions n'arrive pas, et c'est un accident que nous n'avions pas prévu qui vient à sa place détruire tous nos plans de bonheur ou de fortune; la vie est toute faite de ces malheurs et de ces déceptions : tantôt le bien qu'on croit déjà tenir prend les ailes de l'aigle et s'envole bien loin ; tantôt le mal que l'on ne craignait pas fond sur nous avec la rapidité de la foudre.

Rien ne serait plus misérable que la vie humaine, si la foi en Dieu, la résignation, la patience, ne se mêlaient à ces eaux amères pour les adoucir. Vous croyez tous en Dieu, mes enfants, et vous l'appelez votre père; eh bien! croyez qu'il règle tout avec sagesse, et accoutumez-vous à voir sa main paternelle dans les contre-temps qui vous arrivent.

Cette manière de voir les choses vous
épargnera bien des serrements de cœur,
bien des regrets, bien des larmes; elle
vous consolera dès aujourd'hui, si vous
le voulez.

Descendez en vous-mêmes et dites-
moi si la joie de visiter le beau jardin
était chez vous une joie calme et modé-
rée? Non, assurément; je vous ai déjà
fait de sérieux reproches, et vous le sen-
tez vous-mêmes à l'amertume de vos regrets. Eh bien ! que ceci vous apprenne
à mettre plus de mesure dans vos désirs:
la leçon ne sera pas trop achetée si elle
vous profite, car un seul malheur vous
donnera plus de force pour en supporter
bien d'autres, en vous y préparant par
une salutaire expérience.

Sans porter si loin vos regards dans
l'avenir, il est possible encore que cet
accident qui vous contrarie soit pour vous

un bonheur, car le temps peut changer dans une heure d'ici ; un orage peut éclater : la pluie vous aurait surpris en route, et vos plus beaux habits auraient été gâtés.

Peut-être quelqu'un de vous trouvera-t-il, en rentrant à la maison, quelque grand sujet de joie dont notre petite promenade l'aurait privé.

Peut-être aurez-vous l'occasion de faire tout-à-l'heure une bonne œuvre que vous n'auriez point faite dans le jardin de M. le juge de paix, où vous auriez plutôt foulé des plantes précieuses et brisé des cloches de verre.

Peut-être... Mais, comme je vous l'ai dit, les trésors de la bonté divine sont impénétrables. Il nous suffit de savoir que sa providence nous mène souvent à des fins dignes d'elle par des voies que nous n'aurions pas choisies. Tel événement qui, dans nos faibles vues, nous paraît contraire à nos intérêts, tourne précisément à notre bien, soit dans cette vie, soit dans l'autre; car Dieu sait mieux que nous ce qui nous est bon. Nos désirs ne se rapportent guère qu'aux choses présentes; Dieu, qui voit plus loin, nous fait manquer le but de nos espérances pour nous en faire atteindre un plus élevé : l'essentiel est de savoir s'abandonner à la conduite d'un si bon guide.

Apprenez donc, mes chers enfants, l'art difficile de se vaincre soi-même, c'est-à-dire de résister à l'ardeur impétueuse de ses désirs, et de soumettre sa volonté propre à la volonté divine. Si, dès aujourd'hui, vous offrez au ciel la petite contrariété qui vous arrive, ce sera un grand pas de fait dans la voie du bonheur : on ne peut s'accoutumer trop tôt à ces sortes de sacrifices, dont la récompense ne se fait jamais attendre; car il me semble que si vous m'avez bien compris, vous avez déjà trouvé dans ce peu de paroles de quoi vous consoler de notre partie manquée.

— Oh! oui, M. le curé, dit une petite fille; cette bonne leçon vaut mieux que la plus belle promenade.

Tous les écoliers témoignèrent qu'ils pensaient de même.

— Eh bien! dit le bon pasteur, nous reprendrons cette matière une autre fois; en attendant, priez la sainte Vierge, qui a tant souffert, d'obtenir pour vous la grâce de persévérer dans cette pieuse pensée; l'esprit de sacrifice est le fondement du bonheur et de la vertu.

Soumis avec respect à sa volonté sainte,
L'homme pieux s'abandonne au Dieu qui le conduit;
Il marche résigné, sans regret et sans crainte,
Et jamais son flambeau ne s'éteint dans la nuit.

5

Deux éducations bien différentes.

Gertrude était restée veuve avec une
petite fille et un petit garçon ; ce dernier,
appelé Jacques, fut adopté par un de ses
parents, homme intelligent et actif, qui
lui fit apprendre son état de menuisier.
Julie, la petite fille, continua de demeu-
rer auprès de sa mère.

Cette mère était une femme d'un excellent cœur, mais bonne jusqu'à la faiblesse. Elle ne savait rien refuser à sa
fille, qui obtenait tout d'elle par des
pleurs et des cris. Cette complaisance
funeste, poussée jusqu'à l'excès, gâta le
caractère de cette enfant. Accoutumée à
voir tous ses caprices écoutés comme des
ordres, elle ne mit plus de bornes à ses
exigences ; elle devint impérieuse et hau-

taine ; la moindre contradiction l'irritait jusqu'à la fureur.

L'éducation de Jacques fut bien différente : son père adoptif était un homme ferme et sévère, qui ne lui passait rien ; tous les jours il fallait se lever avec le soleil, obéir au moindre signe et ne pas perdre un moment. On ne le gâtait pas non plus sous le rapport de la nourriture ; ce n'était qu'après un rude travail qu'il lui était permis de manger à la hâte, et seulement pour réparer ses forces : on lui refusait tout ce qui n'était pas strictement nécessaire. Avec ce régime si dur, Jacques devint un jeune homme grave, laborieux et sobre, toujours prêt à obéir, plein de respect et d'amour pour son père adoptif.

Gertrude vint à mourir. Julie, déjà grande, fut obligée de gagner elle-même son pain ; mais que cette nécessité lui

parut pénible et humiliante! Elle manquait d'ailleurs de deux qualités indis-
pensables dans sa position : l'amour du
travail et l'obéissance ; habituée à ne se
rien refuser et à faire en tout ses volontés, elle ne put rester dans aucun service. Le besoin la fit entrer successive-
ment dans plusieurs maisons, mais son
mauvais caractère la forçait aussitôt d'en
sortir ; car on ne pouvait garder huit
jours de suite une fille si délicate et si
volontaire ; et si on ne la renvoyait pas,
elle s'en allait d'elle-même plutôt que de
se contraindre.

La misère et la honte furent le fruit de
cette humeur violente que la faiblesse de
sa mère avait développée chez elle.

Son frère, au contraire, eut une vie
heureuse, grâce à l'éducation sévère qu'il
avait reçue ; il devint un ouvrier habile
dans son état : sa docilité, son économie,

son amour du travail le rendirent de plus
en plus cher au parent qui l'avait élevé
comme son fils. Cet homme, venant à
mourir sans enfants, le fit son héritier,
de sorte que, jeune encore, il se trouva
possesseur d'une fortune honnête; plusieurs mères le vou'aient pour mari de
leurs filles; mais, avant de se marier,
Jacques voulut retirer sa sœur de l'état
misérable où elle était tombée; il la prit
chez lui, et, par ses conseils aussi ten-
dres que fermes, il parvint à la ramener
à de meilleurs sentiments. Ce résultat
obtenu, il couronna sa bonne œuvre en
lui faisant épouser un homme probe et
laborieux avec qui elle vécut heureuse.
Lui-même se maria peu de temps après,
il eut des enfants bien nés dont il assura
le bonheur en leur donnant la même
éducation qu'il avait reçue.

D'une mère souvent la coupable indulgence
Prépare à ses enfants le plus triste avenir.
Mieux vaut de leurs esprits corriger la licence,
Que de les élever pour un long repentir.

Economie et Bienfaisance.

Deux pauvres bûcherons qui venaient de tout perdre dans l'incendie de leur village, allaient de porte en porte afin de recueillir des secours pour eux-mêmes et pour leurs compagnons d'infortune. Arrivés à une grande ferme, ils trouvèrent le fermier qui grondait sévèrement un domestique pour avoir laissé dehors, exposées à la pluie, les courroies qui servaient à atteler les bœufs.

— C'est un mauvais signe pour nous, se dirent-ils l'un à l'autre; cet homme est un avare qui ne nous donnera pas grand'chose.

Ils s'approchèrent néanmoins, et lui exposèrent le motif de leur visite.

Le paysan les accueillit avec la plus franche cordialité; il leur fit servir un bon repas, et, pendant qu'ils étaient à table, il écouta avec intérêt le récit de leur infortune. Le repas terminé, il leur donna une forte somme d'argent et promit de leur envoyer quatre mesures de blé pour les semailles prochaines.

Cette bienfaisance inespérée surprit agréablement les deux bûcherons; ils se regardaient l'un et l'autre comme pour se reprocher la fausse idée qu'ils avaient conçue de ce bon fermier.

— Nous aurions un grand reproche à nous faire, lui dit l'un d'eux, si nous sortions de chez vous sans vous avouer une mauvaise pensée qui nous est venue : en vous entendant gronder rudement un serviteur pour une chose de peu d'intérêt, nous vous avons pris pour un homme avare dont il n'y avait rien de bon à attendre. Il faut que vous nous pardonniez.

— Très volontiers, mes amis, dit le paysan ; je ne rougis point d'une économie qui me permet de venir au secours des malheureux : en y regardant de moins près, je serais encore assez riche pour moi et ma famille, mais je ne le serais pas assez pour satisfaire le penchan⁴ qui me porte à obliger.

Un homme bienfaisant, par son économie
Amasse pour le pauvre aussi bien que pour lui.
Tandis que l'insensé prodigue en sa folie,
Ne sait rien conserver pour soi ni pour autrui.

Une petite Fille gourmande.

Annette était une jolie petite fille, mais elle avait un grand défaut, elle était gourmande à l'excès. Elle prenait tout à la cuisine, vidait les armoires, dévastait le jardin. Comme elle avait toujours à la bouche des sucreries et des friandises, elle ne mangeait rien aux repas, tant ces choses malsaines, dont elle faisait abus, lui gâtaient l'estomac et lui ôtaient le goût des aliments nécessaires et bienfaisants.

Son père et sa mère ne la surveillaient point d'assez près ; il fallut que ses dents devinssent toutes noires et que des accidents réitérés vinssent alarmer leur tendresse pour qu'ils s'aperçussent de ce malheureux défaut. Dès qu'ils l'eurent connu, ils employèrent tous les moyens pour corriger leur fille de sa gourmandise ; ils lui firent de sévères défenses, et, pour plus de sûreté, ne laissèrent rien à sa portée de ce qui pouvait nourrir et satisfaire ce funeste penchant.

Annette aimait ses parents et n'eût voulu pour rien au monde leur causer de la peine.

Elle se contraignit devant eux jusqu'à leur faire croire qu'elle s'était entièrement corrigée, mais il s'en fallait de beaucoup qu'elle le fût en effet. Dès qu'elle était seule elle se livrait à son intempérance avec d'autant plus de danger pour sa santé et pour sa vie, que toutes les bonnes choses lui étant retirées, elle prenait au hasard tout ce qui lui tombait sous la main. Une fois, par exemple, elle pensa mourir pour avoir mangé des fruits verts dans le jardin.

Cette leçon terrible ne lui profita pas. Quelques jours après elle se laissa encore dominer par sa gourmandise, à la vue d'une assiette remplie de poudre b'anche qu'elle prit pour du sucre pilé; mais ce fut le dernier excès de ce genre, car elle n'y survécut pas. Cette poudre était un mélange d'arsenic et de farine préparé pour les rats. La malheureuse Annette y porta ses lèvres et mourut bientôt après, dans d'horribles convulsions.

La gourmandise est un vice honteux
Qui détruit l'homme, ou le rend malheureux.

Le Sac de terre.

Un riche propriétaire avait un château accompagné d'un beau jardin, d'un potager et d'un grand parc. A l'extrémité de ce parc, une pauvre veuve avait un petit champ et une cabane, où elle vivait avec son enfant. Le maître du château désirait avoir le petit champ pour arrondir sa propriété, mais la veuve ne pouvait pas le lui vendre, parce que c'était l'héritage de son enfant. Ce méchant homme s'empara un jour de la terre de l'orphelin et ordonna à la veuve de s'en aller.

— Je m'en irai sans me plaindre,

dit-elle, et je céderai à votre violence, si vous m'accordez deux grâces : la première, de me laisser remplir un sac de la terre de mon champ, et la seconde, de me le charger sur les épaules.

— Eh bien ! j'y consens, je te mettrai ton sac sur le dos et tu t'en iras sans faire de scandale.

La pauvre femme, quand le sac fut plein, dit au riche de le soulever ; mais ce fut en vain qu'il fit tous ses efforts, il ne put y parvenir.

— Je vois bien, dit-il, que je ne puis tenir ma promesse ; le sac est trop lourd pour moi.

— Ah ! si vous ne pouvez supporter pendant un instant ce qui ne forme qu'une parcelle de mon champ, comment supporterez-vous pendant l'éternité le poids du champ lui-même, qui accablera votre conscience ?

Le riche fut effrayé de ces paroles, dont il sentit la vérité; il rendit le champ de l'orphelin et y ajouta quelque chose.

La Jambe de bois.

Samuel faisait le désespoir de ses parents par sa turbulence; il s'exposait vingt fois à périr dans un jour; il montait aux arbres, escaladait les murs, se battait à l'école. Plus d'une fois sa mère le vit rentrer à la maison tout meurtri par une chute, ou défiguré par les coups qu'il avait reçus, et chaque soir elle remerciait le ciel de l'avoir préservé de ses propres folies.

Le père, qui avait aussi beaucoup d'inquiétude sur le sort de ce malheureux enfant, le menait partout avec lui et ne le perdait pas de vue. Un jour qu'ils se rendaient ensemble à une foire des environs, ils rencontrèrent sur la route un pauvre estropié qui demandait l'aumône en se traînant avec peine sur une jambe de bois. Le père lui demanda par quel accident il avait perdu sa jambe.

— Ah! mon bon Monsieur, dit le mendiant en soupirant, je suis moi-même la cause de mon malheur. A l'âge de ce petit garçon, j'étais un enfant téméraire et imprudent, je ne connaissais aucun danger, mon plus grand bonheur était de me battre avec mes petits camarades; l'un d'eux, avec qui je m'étais pris de querelle, me renversa par terre et tomba lui-même sur moi avec tant de force que j'eus la jambe cassée dans ma chute. Je n'oublierai jamais les horribles douleurs qu'il me fallut souffrir. On m'ouvrit les chairs pour me tirer quelques petits os fracturés; c'était au temps des fortes chaleurs ; une inflammation se déclara, et l'on fut obligé de me couper la jambe pour me sauver au moins la vie. Pour comble de malheur, je perdis mes parents à la même époque, et dès que je pus me traîner sur une jambe de bois, ce fut pour mendier mon pain, car je n'avais ni fortune acquise, ni force pour travailler. Depuis, je n'ai pas eu d'autre vie.

Dès que le mendiant les eut quittés, le père dit à son fils :

— Tu vois, Samuel, si nous avons raison, ta mère et moi, de trembler continuellement sur ton compte ; ce que nous craignons pour toi, c'est le sort de ce misérable : tu devrais, en le voyant, frémir de tes imprudences et prendre la ferme résolution de te corriger. Si tu le voulais une bonne fois, tu délivrerais ton père et ta mère d'une grande inquiétude

et tu ne t'exposerais plus, par ta faute,
aux plus affreux malheurs.

On voit plus d'un enfant dont la triste folie
Compromet tous les jours son bonheur et sa vie.

Un Enfant qui sait écrire.

Nicolas, jeune enfant de douze ans
avait suivi très assidûment l'école de son
village; quand il sut bien lire, écrire et
compter, ses parents l'envoyèrent dans
une ville assez éloignée pour y apprendre
l'état de graveur sur métaux.

Au bout de quelques mois, il s'aperçut
que les enfants de son maître étaient mal
élevés et corrompus. Cette découverte lui
fit peine et dès-lors il ne voulut plus rester dans cette maison, parce qu'il vit que
d'autres enfants, venus comme lui de la
campagne, n'avaient point résisté aux

mauvais exemples, et qu'il devait craindre d'y céder lui-même.

Il alla trouver le maître graveur et lui
dit qu'il voulait s'en aller : cet homme lui
tourna le dos, sans lui demander même
le motif de cette brusque résolution.

Nicolas crut que la mère l'écouterait
plus volontiers; mais cette femme, sans
être méchante, était comme toutes les
mères, folle de ses enfants, et ne pouvait
souffrir qu'on lui parlât de leurs défauts,
dont elle ne s'était peut-être jamais
aperçue.

—Va, répondit-elle au jeune apprenti,
je vois ce que c'est : tu es un petit paresseux, le travail et le séjour de la ville te
déplaisent; tu aimerais mieux perdre le
temps au village, et, pour y retourner, tu
ne crains pas de calomnier mes enfants :
tu es un méchant garçon, mais sois sûr

néanmoins que tu ne sortiras pas d'ici avant d'avoir fini ton apprentissage.

— Que ferai-je maintenant? se dit alors à lui-même le pauvre Nicolas; je ne veux pas m'enfuir, ce serait un moyen peu convenable; d'ailleurs mes parents demeurent fort loin d'ici, et je n'ai point d'argent pour vivre sur la route. Je n'ai qu'une chose à faire, c'est d'écrire.

Il écrivit en effet, et sut donner à ses parents une idée si juste de sa position dans l'atelier de son maître, que six jours après son père vint et l'emmena pour le garder à la maison jusqu'à ce qu'il pût trouver une maison d'apprentissage moins dangereuse.

Quel avantage précieux que de savoir écrire! Par ce talent que ses maîtres ne lui supposaient pas, sans doute, Nicolas se tira de peine.

Une lettre qui vole et franchit la distance
Peut nous tirer d'affaire en mainte circonstance.

L'Enfant malpropre.

M. Didier, riche commerçant, devait
se rendre avec sa famille à la noce d'un
de ses fermiers. Le jour venu, il prévient
de bonne heure ses autres enfants de se
tenir prêts pour le départ; mais il ne dit
rien de pareil au troisième, qui se nom-
mait Auguste.

Dès que cet enfant vit ses frères et ses
sœurs monter à leurs chambres pour
s'habiller, il tomba dans une grande
tristesse : il sortit d'abord dans le jardin
pour pleurer; puis, espérant que son père
pourrait s'attendrir, il alla le trouver et
le pria de le laisser aller à la noce.

—Tu n'y penses pas, lui répondit son
père; est-ce que tu peux te présenter

quelque part, sale comme tu es? Je rou-
girais de t'emmener avec moi.

— Une si belle noce! dit Auguste en
sanglotant; je serai le seul de ma famille
qui n'y assisterai point. Mes frères et
mes sœurs...

— Pour tes frères et tes sœurs, c'est
autre chose, reprit le père, ce sont des
enfants propres, qu'on peut mener partout : tandis que toi, dès que tu te montres quelque part, c'est pour déshonorer
ton père et ta mère par ton désordre et ta
malpropreté : ne me parle plus de venir
à cette noce; tu resteras ici, où tu pour-
ras méditer avec fruit l'évangile que tu as
entendu lire à l'église dimanche dernier,
et où se trouve la parabole du misérable
jeté dans les ténèbres extérieures parce
qu'il n'avait point la robe blanche du
festin.

Le pauvre enfant sortit pour aller se

renfermer dans sa chambre, où il enten-
dait tout autour de lui les conversations
joyeuses de ses frères et de ses sœurs, qui
se promettaient mille plaisirs pour cette
belle journée.

Une de ses sœurs qui l'aimait plus que
tous les autres vint le trouver et lui dit :

— Ne pleure pas, Auguste, je veux
rester avec toi; je vais demander à papa
la permission de ne pas aller à cette noce.

Et elle courut vers son père.

— Je ne me sens pas bien, lui dit-el'e,
je crois que je ferais mieux de rester à la
maison, si vous le permettez.

M. Didier, qui connaissait le bon cœur
de sa fille et sa tendresse pour son frère,
jeta sur elle un regard pénétrant :

— Je vois ce que c'est, ma fille, tu
veux rester avec Auguste : mais ce serait
lui rendre un mauvais service; il faut
qu'il reste seul, peut-être le chagrin de

no pas assister à cette noce le portera-t-il à se corriger enfin de sa malpropreté.

La jeune fille remonta dans la chambre de son frère, le consola de son mieux, et alla terminer sa toilette.

L'heure de partir était venue. Les enfants vinrent se montrer à leur père, qui les embrassa tous et leur dit d'aller en avant.

Auguste les entendit descendre et les vit passer gaiment sous sa fenêtre. Leur aspect lui fit tant de peine qu'il voulut tenter un dernier effort. Il descendit, trouva son père à la porte de sa chambre, prêt à partir, et se jeta à ses genoux, en le conjurant avec larmes de le laisser venir à la noce.

M. Didier resta quelque temps sans lui répondre.

— Ecoute, lui dit-il enfin, je te permets de venir, mais prends garde à la

manière dont tu seras vêtu : je n'ai pas
autre chose à te dire. Va t'habiller et tu
nous retrouveras à la ferme.

Le pauvre garçon fit véritablement tous
ses efforts pour se rendre propre et pré-
sentable. Il commença par se bien laver
la figure et les mains avec du savon, ce
qu'il n'avait jamais fait de sa vie; puis il
prit une chemise blanche et tira ses plus
beaux habits, qu'il eut soin de battre et
de brosser avant de les mettre.

Sa toilette finie, il se regarda dans une
glace et ne se reconnut pas : jamais il ne
s'était vu si propre.

— Maintenant, se dit-il à lui-même,
je puis partir, ceux qui ne me trouveront
pas bien auront le goût difficile.

Il se mit en route et marcha d'un bon
pas, car il brûlait d'arriver. Malheureu-
sement une marchande de gâteaux se
trouva sur son chemin, Auguste jeta les

yeux sur sa corbeille; il y avait là de belles tartes aux prunes bien tentantes. Il hésita cependant, mais la vieille femme, qui savait son métier, le tira bien vite de son incertitude en irritant sa gourmandise. Il prit la plus belle tarte et alla s'asseoir sur le revers d'un fossé qui bordait la route, afin de la manger plus à son aise.

La pâtisserie était excellente; cependant, malgré le soin que mit Auguste à la manger, il lui en resta beaucoup aux mains, quoiqu'il les eût essuyées vingt fois après son habit, son gilet et son pantalon; il avait, de plus, ménagé sur sa gloutonnerie de quoi se faire deux belles moustaches rouges, courant d'une oreille à l'autre, et qui, avec une espèce de mouche brune au bout de son nez, et une autre à son menton, lui donnaient une physionomie plus singulière encore

que martiale et décidée. Mais l'enfant ne le savait pas.

Quand il se releva pour se mettre en
route, il s'aperçut qu'il s'était assis sur
un petit tas de fumier qui n'était pas
tout-à-fait sec. Il prit tranquillement son
mouchoir et répara tant bien que mal le
dommage qu'en avait reçu sa toilette.

Alors voyant qu'il avait perdu beaucoup de temps, il se mit à courir de toutes ses forces pour ne point manquer
l'heure du repas; mais, comme il avait
beaucoup plu la veille, il fallait marcher
avec prudence et choisir ses endroits;
Auguste n'y pensa pas le moins du
monde. Il prit sa course à travers la boue
et les flaques d'eau qu'il put rencontrer,
si bien qu'avant d'arriver à la ferme, il
était crotté jusqu'aux épaules, sans
compter que son chapeau avait roulé
dans la fange.

Mais Auguste ne s'en inquiéta point; ce qui l occupait bien davantage, c'était le désir d'entrer assez à temps pour se ..ettre à table.

En arrivant à la ferme, il vit de loin la cour toute remplie de chevaux, de voitures et de domestiques qui se hâtaient pour le service : une foule de mendiants déguenillés, de curieux et d'enfants, se pressaient à la porte pour entrer, mais on avait pris des mesures contre cette cohue tumultueuse; un homme grand et fort barrait l'entrée et ne laissait passer que les gens de la noce.

Auguste se fit un passage à travers la foule et s'avança fièrement comme un homme sûr de lui-même, en jetant un regard dédaigneux sur le gardien de la porte.

— Halte-là, jeune drôle, lui cria cet homme, on n'entre pas ici.

Auguste continuait d'avancer sans rien répondre, mais le gardien courut après lui, et le saisissant avec force par le bras, le ramena en arrière et le poussa rudement vers la porte.

Auguste se mit à crier en se débattant :

— Je suis invité ! je suis invité !

— Invité ! à quoi ? dit le gardien en lui riant au nez ; à lécher les assiettes, peut-être ?

Le bruit de cette scène avait attiré tous les domestiques qui étaient dans la cour ; ils vinrent tous jouir de la confusion du malheureux Auguste, et les mendiants, petits et grands, poussaient de grands éclats de rire, en voyant rejeté parmi eux ce petit jeune homme qui les avait écartés avec tant d'insolence.

Auguste ne se possédait plus ; la honte et la colère l'étouffaient. Il reprit enfin courage, et se retournant vers l'homme qui gardait la porte, il lui dit d'un ton menaçant :

— Sache, grossier manant, que j'ai le droit d'entrer ici : je suis le fils de M. Didier.

Il eût beaucoup mieux fait de ne rien dire, car à ce mot les éclats de rire et les quolibets recommencèrent de plus belle.

— En voilà bien d'un autre, criait-on de toutes parts; le fils de M. Didier!

— Effectivement, voyez comme il lui ressemble! — il n'y a rien qui n'y paraisse; — M. Didier est un homme riche et élégant qui doit tenir beaucoup à habiller ses enfants comme des valets d'écurie.

Le pauvre Auguste fut anéanti; il quitta la place et se mit à courir comme un homme qui aurait fait une mauvaise action. La porte d'un petit jardin qui tenait à la ferme s'offrit à lui tout ouverte, il y entra pour se dérober aux moqueries des mendiants et des valets.

Son père, qui avait vu toute la scène par une fenêtre, descendit alors et alla rejoindre son fils dans le jardin. Il le trouva caché parmi les arbres, couché par terre, pleurant et sanglotant.

« Malheureux, lui dit-il, est-ce assez de honte et d'ignominie! Cette fois, ce ne sont point les frères ni tes maîtres qui se sont moqués de toi; ce sont des mendiants en guenilles, de grossiers valets de ferme : comprends-tu maintenant le déshonneur qui s'attache à la malpropreté? avoir le front de se présenter ainsi dans une maison honnête! oser nommer son père quand on le déshonore! va, tu mérites cette leçon, et quelle que soit la part qui me revienne de ton opprobre, je dois m'en réjouir s'il doit t'inspirer la

moindre envie de te corriger. Mais en attendant que ce désir te prenne, je veux
agir envers toi avec la dernière sévérité.
Lève-toi à l'instant même et retourne à
la maison : si, en rentrant ce soir, je ne
trouve pas tes habits nettoyés de tes
mains, je t'infligerai une peine qui ne te
sera certainement pas agréable, car je
veux en finir avec ta saleté. »

Le pauvre Auguste prit en pleurant le
chemin de la ville. Il eut tout le temps,
sur la route, de réfléchir à sa déplorable
aventure, et il pouvait d'autant moins
l'oublier, qu'à tous moments il rencon-
trait quelques-uns de ces mendiants qui
en avaient été les témoins et qui la lui
rappelaient en l'accablant de leurs rires
moqueurs.

Rentré à la maison, il s'empressa de
nettoyer ses habits et se coucha; mais il
ne put fermer l'œil un seul instant : les

éclats de rire et les huées dont il avait été l'objet ne cessaient pas de retentir à ses oreilles; la figure grossière et moqueuse du paysan qui l'avait repoussé de la porte était toujours présente à ses yeux et ne le laissait pas s'endormir.

La conséquence de cette scène honteuse, qu'il n'oublia pas de longtemps, fut une ferme résolution de changer de conduite et de réformer sa toilette : il n'y parvint pas sans peine; il avait à combattre une habitude forte et enracinée. Cependant, par une attention perpétuelle sur lui-même, et grâce à la sévérité de son père qui lui rappelait son aventure de la ferme, dès qu'il voyait en lui le moindre relâchement, il se corrigea peu à peu jusqu'à ce que la propreté lui devint naturelle et familière.

Alors Auguste fut un jeune homme

accompli, car la saleté était à peu près
son seul défaut.

La saleté déplaît comme la rouille;
C'est un vice honteux qui détruit et qui souille.

La petite désobéissante.

Christine avait un défaut qui en en-
traîne bien d'autres : elle était désobéis-
sante. Un jour qu'elle revenait de faire
une visite à l'une de ses cousines, elle
dit à sa mère qu'elle avait vu chez sa parente le plus charmant serin canari, et
qu'elle serait bien heureuse d'en avoir un
semblable.

— Je t'en promets un tout aussi joli,
répondit sa mère, si tu ne désobéis pas
une seule fois pendant quinze jours.
Christine accepta, et comme sa mère était
très indulgente, et qu'elle-même faisait
quelques efforts pour se corriger, une se-

maine se passa sans que Christine cessât d'avoir droit au canari; le huitième jour, sa mère l'appela et lui dit :

— Comme je suis assez contente de toi, je vais te donner quelque chose de joli, afin de t'encourager à continuer pendant le reste de la quinzaine. Ce que je te destine est dans cette boîte posée sur la table. Il faut que je sorte un quart d'heure environ, attends-moi ici; mais ne touche pas à la boîte, je te le défends expressément. Christine promit qu'elle allait s'occuper à coudre et ne lèverait pas les yeux de son ouvrage.

Cependant, à peine sa mère fut-elle partie qu'elle courut à la boîte.

— Tiens, dit-elle, elle est toute neuve, elle est percée de petits trous sur le couvercle, essayons de voir dedans; je n'aperçois rien. Ah! comme elle est légère, cette boîte! qu'est-ce qu'il peut y avoir de

renfermé? Mais pourquoi n'y regarderais-
je pas? Maman n'en saura rien.

La botte n'était fermée qu'au moyen
d'un crochet, la petite curieuse l'ouvrit,
et il s'en échappa un joli serin de Cana-
rie, qui se mit à voler dans la chambre.
Christine le poursuivit pour tâcher de le
reprendre, et cacher sa désobéissance en
le remettant dans sa prison. Au moment
où elle le saisissait, sa mère rentra et lui
dit : — Si tu avais résisté à cette dernière épreuve, le canari eût été pour toi.
Ta désobéissance d'aujourd'hui et ta
curiosité rendent inutiles tes efforts d'une
semaine; à l'avenir je ne serai pas si
prompte à te croire corrigée.

En effet, ce ne fut qu'après six mois
d'essais et de rechutes que Christine parvint à mériter la récompense promise.

FIN

TABLE.

—

FIN DE LA TABLE.

Limoges. — Imp. Eugène Ardant et Cie.

Original en couleur

NF Z 43-120-8

www.ingramcontent.com/pod-product-compliance
Lightning Source LLC
Chambersburg PA
CBHW060845250626
47162CB00005B/2162